繪本0220

朱瑞福的游泳課

文 | 賴曉妍、賴馬 圖 | 賴馬
封面手寫字 | 賴拓希

責任編輯 | 黃雅妮 美術編輯 | 賴曉妍
美術設計 | 賴曉妍、賴馬
封面設計 | 賴曉妍 行銷企劃 | 高嘉吟

天下雜誌群創辦人 | 殷允芃 董事長兼執行長 | 何琦瑜
媒體暨產品事業群
總經理 | 游玉雪 副總經理 | 林彥傑 總編輯 | 林欣靜
行銷總監 | 林育菁
副總監 | 蔡忠琦 版權主任 | 何晨瑋、黃微真

出版者 | 親子天下股份有限公司
地址 | 台北市104建國北路一段96號4樓
電話 | (02) 2509-2800 傳真 | (02) 2509-2462
網址 | www.parenting.com.tw
讀者服務專線 | (02) 2662-0332
週一~週五：09:00~17:30
讀者服務傳真 | (02) 2662-6048
客服信箱 | parenting@cw.com.tw

法律顧問 | 台英國際商務法律事務所・羅明通律師
製版印刷 | 中原造像股份有限公司
總經銷 | 大和圖書有限公司 電話：(02) 8990-2588

出版日期 | 2018年7月第一版第一次印行
2024年8月第一版第三十一次印行
定 價 | 360元 書 號 | BKKP0220P
ISBN | 978-957-9095-91-4

訂購服務
親子天下Shopping | shopping.parenting.com.tw
海外・大量訂購 | parenting@cw.com.tw
書香花園 | 台北市建國北路二段6巷11號
電話 (02) 2506-1635
劃撥帳號 | 50331356 親子天下股份有限公司

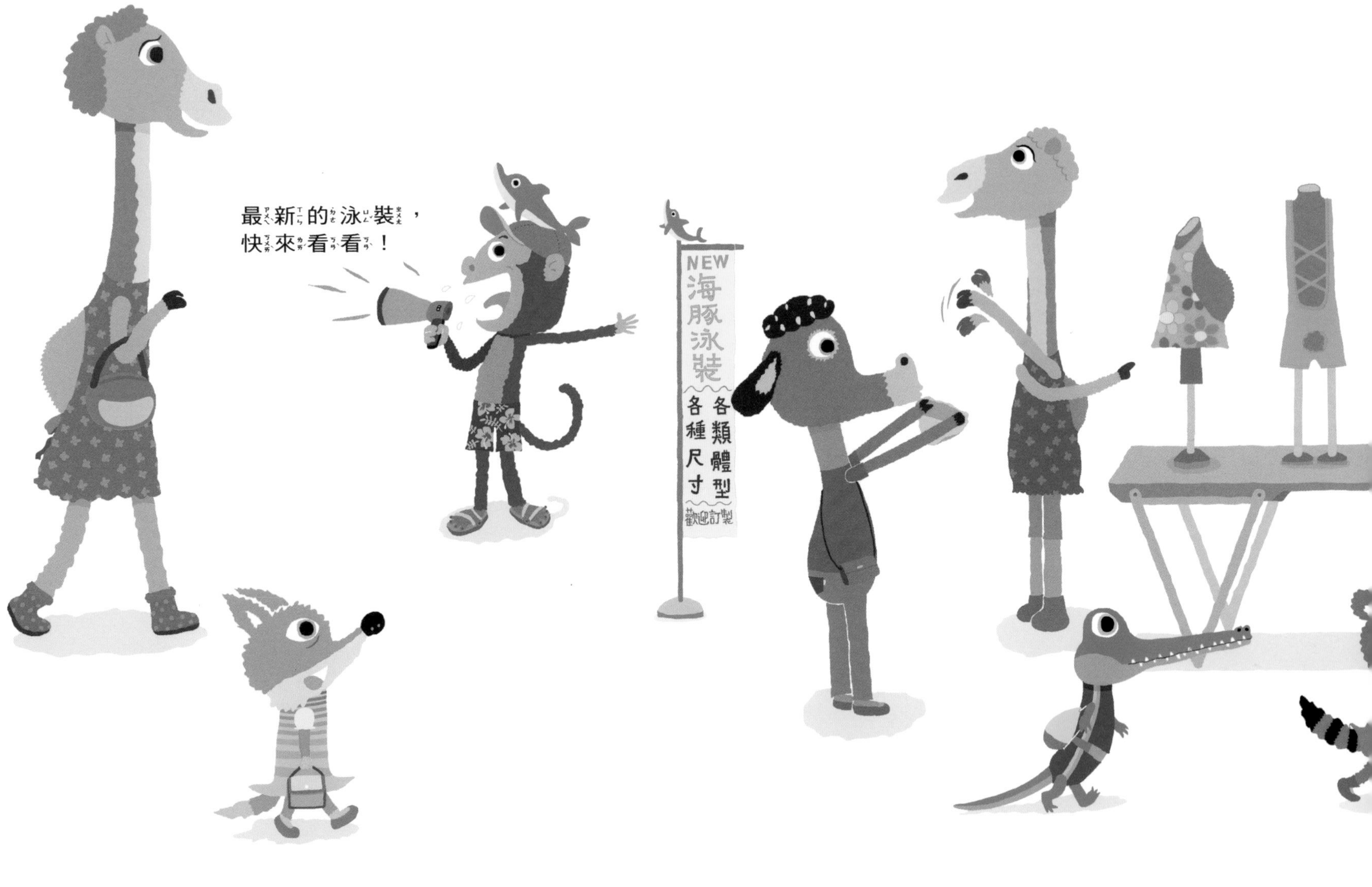
最新的泳裝，
快來看看！
NEW
海豚泳裝
各類體型
各種尺寸
歡迎訂製

朱瑞福的游泳課

文→賴曉妍&賴馬
圖→賴馬

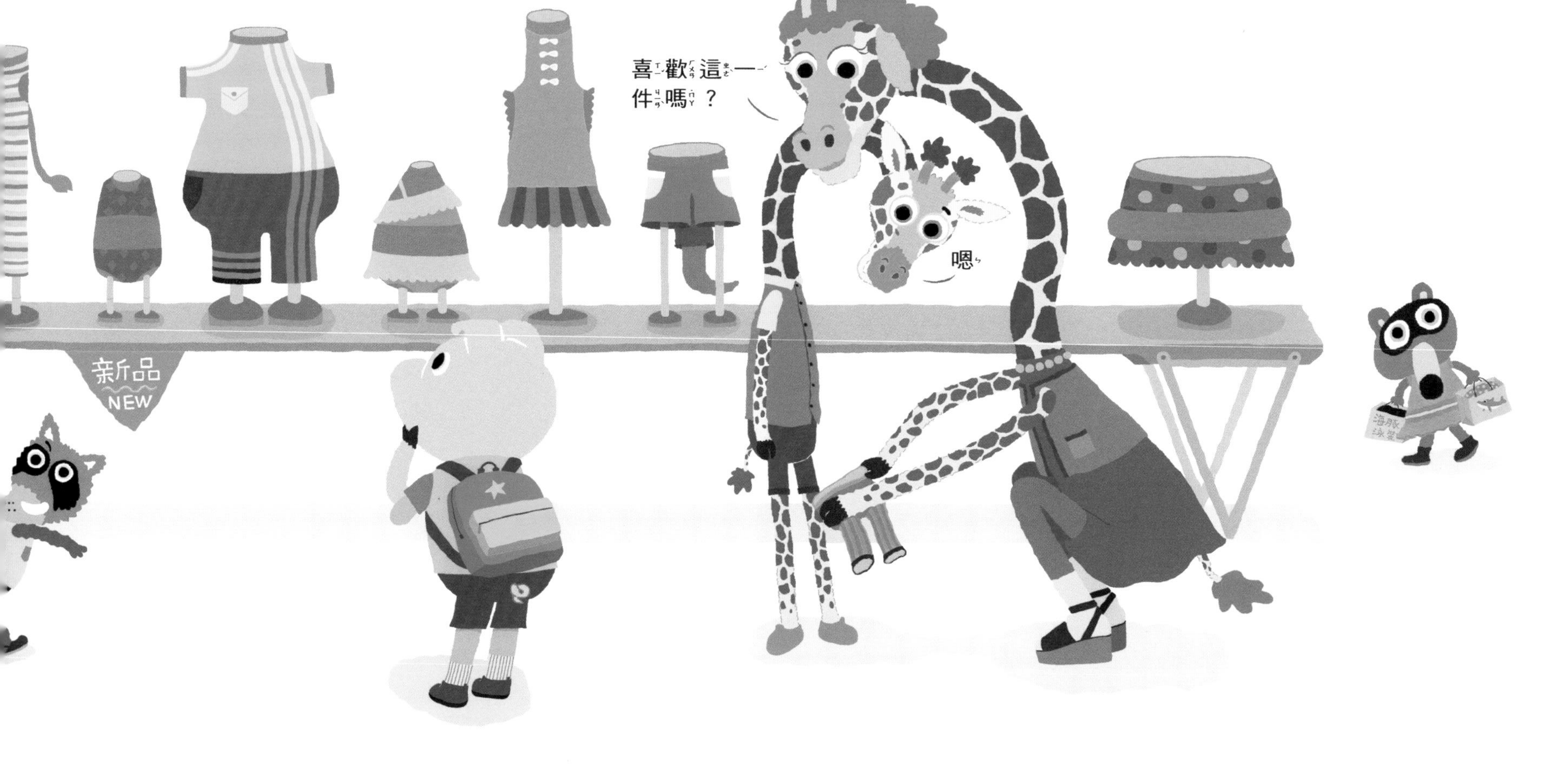

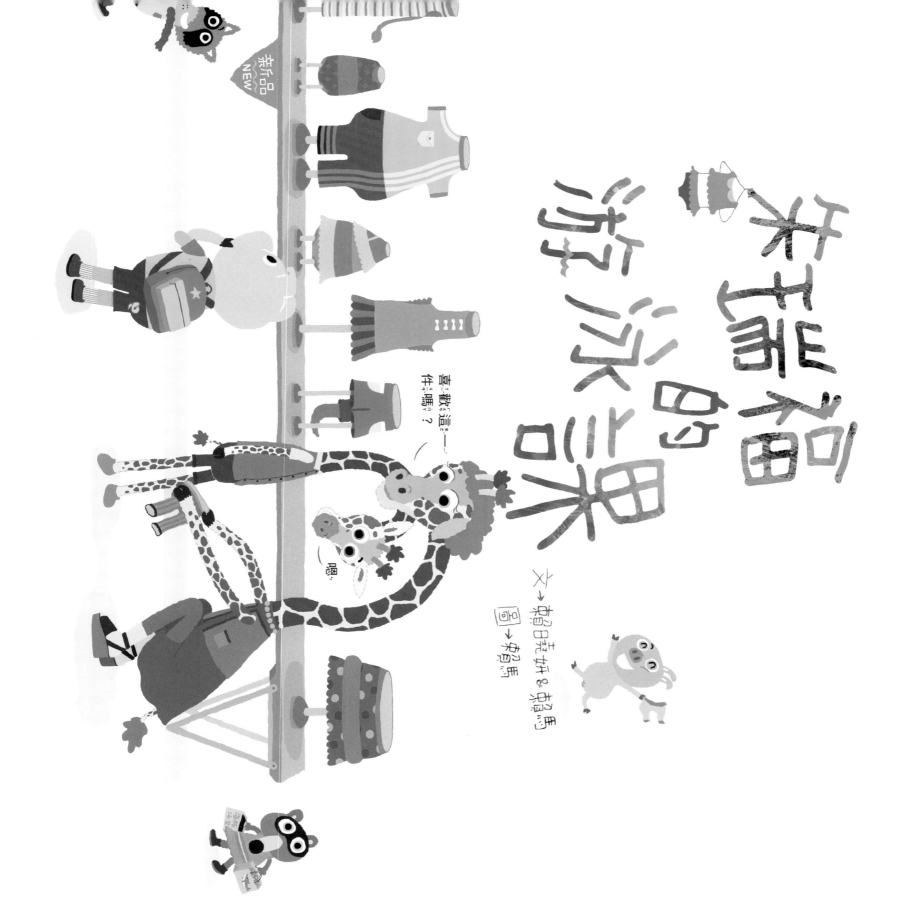

朱ㄓㄨ瑞ㄖㄨㄟ福ㄈㄨˊ是ㄕˋ一ㄧ隻ㄓ小ㄒㄧㄠˇ長ㄓㄤˇ頸ㄐㄧㄥˇ鹿ㄌㄨˋ。

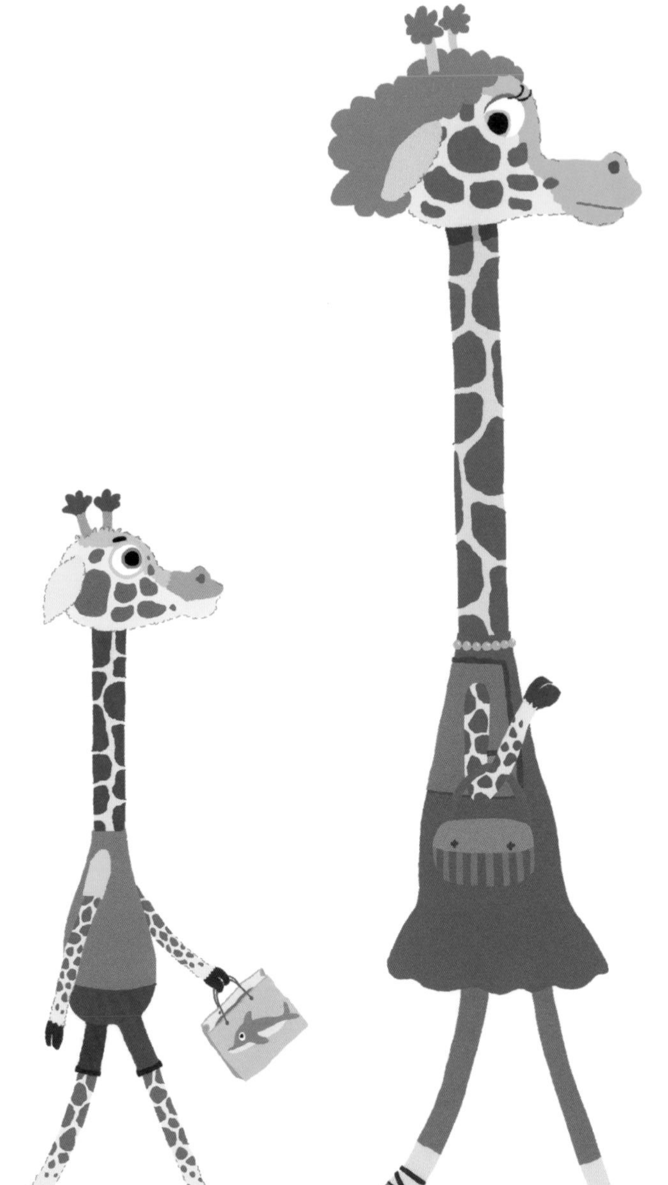

最近，

他住的城市開始流行起游泳。

無論是小溪、大河、小池或大湖裡，
全都擠滿了游泳的動物。

CARL
水深注意
旱鴨子勿入
游泳很棒啊！
有益健康。

兒童游泳班
星期一到星期五
每天1.5小時
4星期 20天
✓自由式
✓蛙式
✓仰式
✓蝶式
大家一起來學會游泳!!
他叫朱瑞福。
好的，身高？
報名處
根豐之光
熊彗游
動物奧運會
游泳四式冠軍
SWIM
泳保健康
泳遠快樂

朱瑞福不會游泳。

泳池入口
游泳須知
1 拉肚子勿下水。
2 想尿尿去廁所
3 下水前先淋浴
4 禁止奔跑
5 禁止跳水。
6 兒童勿單獨。
根豐市
泳保青春
泳不放棄

媽媽帶他去報名「兒童游泳課」。

游泳班有五位教練，
他們是：

長鼻猴先生

貓熊小姐

狸貓小姐

青蛙先生

山豬先生

因為，山豬教練晒得很黑。
所以，也可以叫他「巧克力教練」。
大家都覺得這個名字很適合他。

哈哈哈！
哈哈！
哈哈！
大家好！我是
「巧克力教練」！

「歡迎大家一起來學游泳。」

「首先，請長鼻猴教練示範**自由式**給大家看。」

「接下來，貓熊教練示範的是**仰式**。」

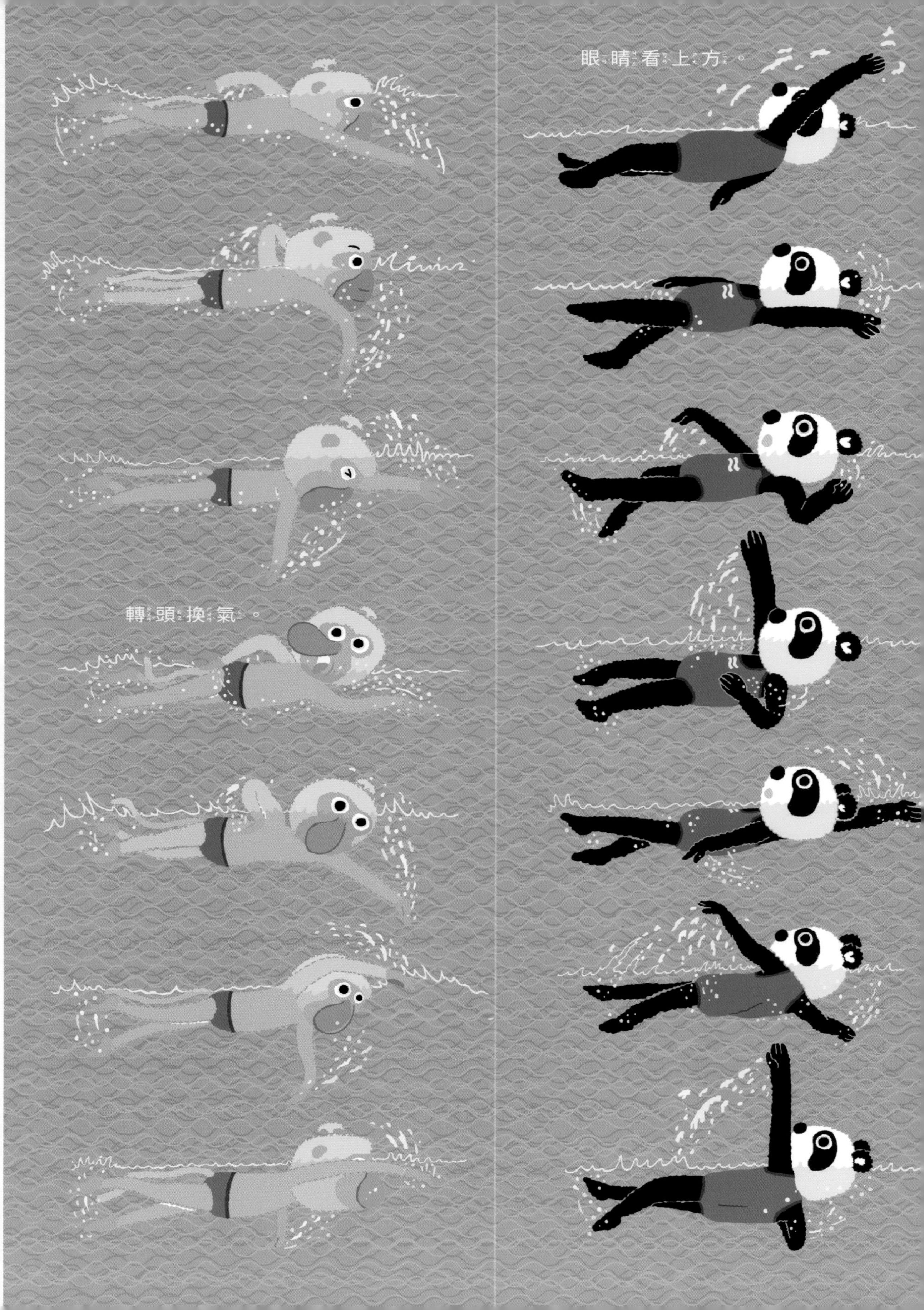

「狸貓教練示範蝶式。」

「最後，請青蛙教練示範蛙式。」

「你們只要先學會其中一種就很棒了。」巧克力教練說。

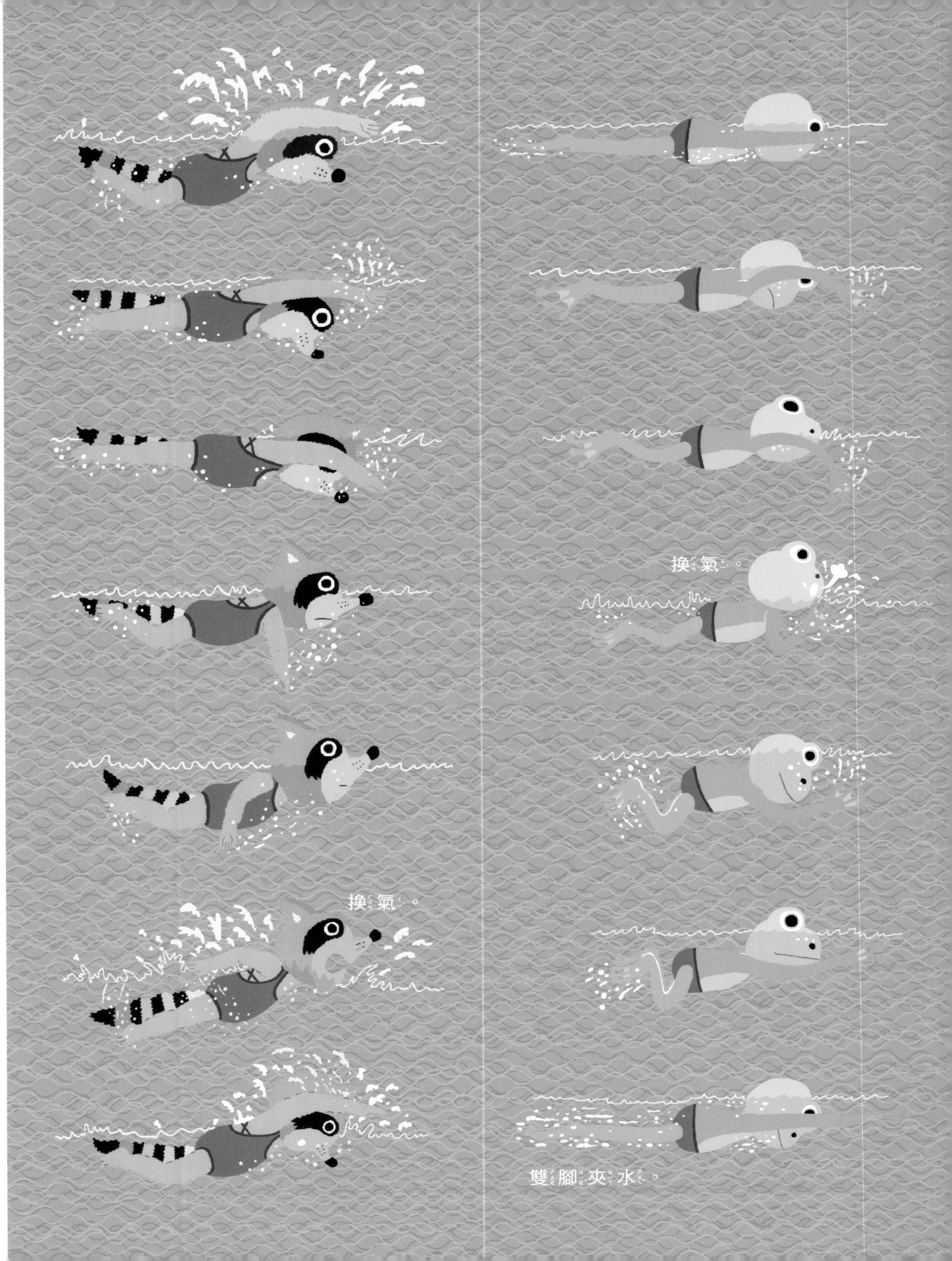

游泳班這次還特別邀請了專家來表演**特別的游泳姿式**。

臘腸狗表演的是狗狗們幾乎都會的「狗爬式」

綠頭鴨表演的是「上身不動踢腳式」

重點是手腳要快速的划！
頭不要動喔！
重點是不能浮起來！

河馬表演的是「憋氣漫步式」

長吻鱷表演的是

「用力擺尾式」

重點是尾巴
要用力！

蜥蜴表演的是

「無影腳快跑式」

一定要很快！
感覺要飛起來了！

海獺表演的是

「邊吃邊仰式」

食物可以先放
肚子上。
吃完再
小睡一下。

游泳前一定要先熱身！

雙腳打開、雙手插腰，

一起來做做暖身操。

預備，開始！

1 2 3 4

扭扭你的腰。

2 2 3 4

轉轉頭和手。

3 2 3 4

膝蓋彎一彎。

4 2 3 4

肩膀壓一壓。

5 2 3 4

彎下你的腰。

6 2 3 4

身體向後仰。

朱瑞福好像太緊張了。

做完暖身操，教練教
大家游泳的動作要領。

雙手合十，往前伸直，
手掌向外，往內畫圓圈。
1、2、1、2

身體拉直，
保持平衡。

左手往前划，右手往前划。
1、2、1、2

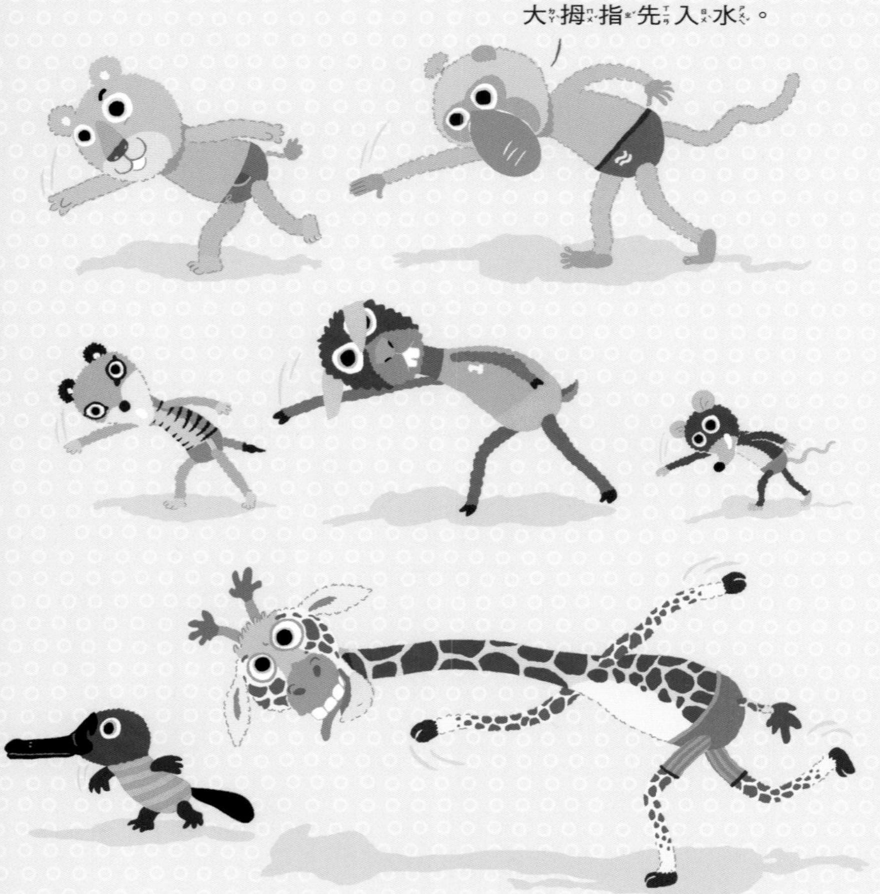
大拇指先入水。

左手往後划，右手往後划。
1、2、1、2

重心在肩膀
和胸部。

雙腳一起上下擺動。
1、2、1、2

大腿用力
帶動小腿。

...喔！
...的腰。

雙手上下擺動，
雙腳上下踢水。
1、2、1、2

很好

腳背要伸直。

雙腳上下打水。
1、2、1、2

啊！朱瑞福的
腳打結了。

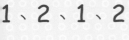

學完動作要領，
小學員們依照體型分組。

請注意水的深度！
水深60公分
水深100
第一次游泳的請舉手！
水深50公分
水深10公分
水深25公分

犀牛、小虎、小象、小獅、小豬、黑猩猩、黑豹、花豹、貓熊、小牛、馬來貘、小男孩和小女孩。

大的動物在大池子練習。

老鼠、松鼠、小兔子、倉鼠、天竺鼠、吉娃娃狗、小斑貓、黑貓、鴨嘴獸、烏龜、刺蝟、無尾熊、眼鏡猴、小狐獴和壁虎。

小的動物在小池子練習。

小狐、小花狗、小黃狗、小羊、小浣熊、食蟻獸、小獾、小猴、紅毛猩猩和犰狳。

矮的動物在淺池子練習。

小驢、小斑馬、小駱駝、小駱馬、白熊、棕熊、小麋鹿、袋鼠、小馬、還有小長頸鹿朱瑞福。

高的動物在深池子練習。

「咦！朱瑞福到哪裡去了？」

「不論是游泳還是玩水，安全最重要！」
長鼻猴教練教小朋友們水母飄。

手要環
抱著腳。

「學好換氣，才能游得久游得遠。」
狸貓教練教小朋友們如何吸氣和吐氣。

吸氣——　吐氣——
吸氣——　吐氣——
哦哦，我的屁
股也吐氣了。

「只要多練習，一定可以學會游泳！」巧克力教練說。

小學員們都很認真的學習。

朱瑞福也是。

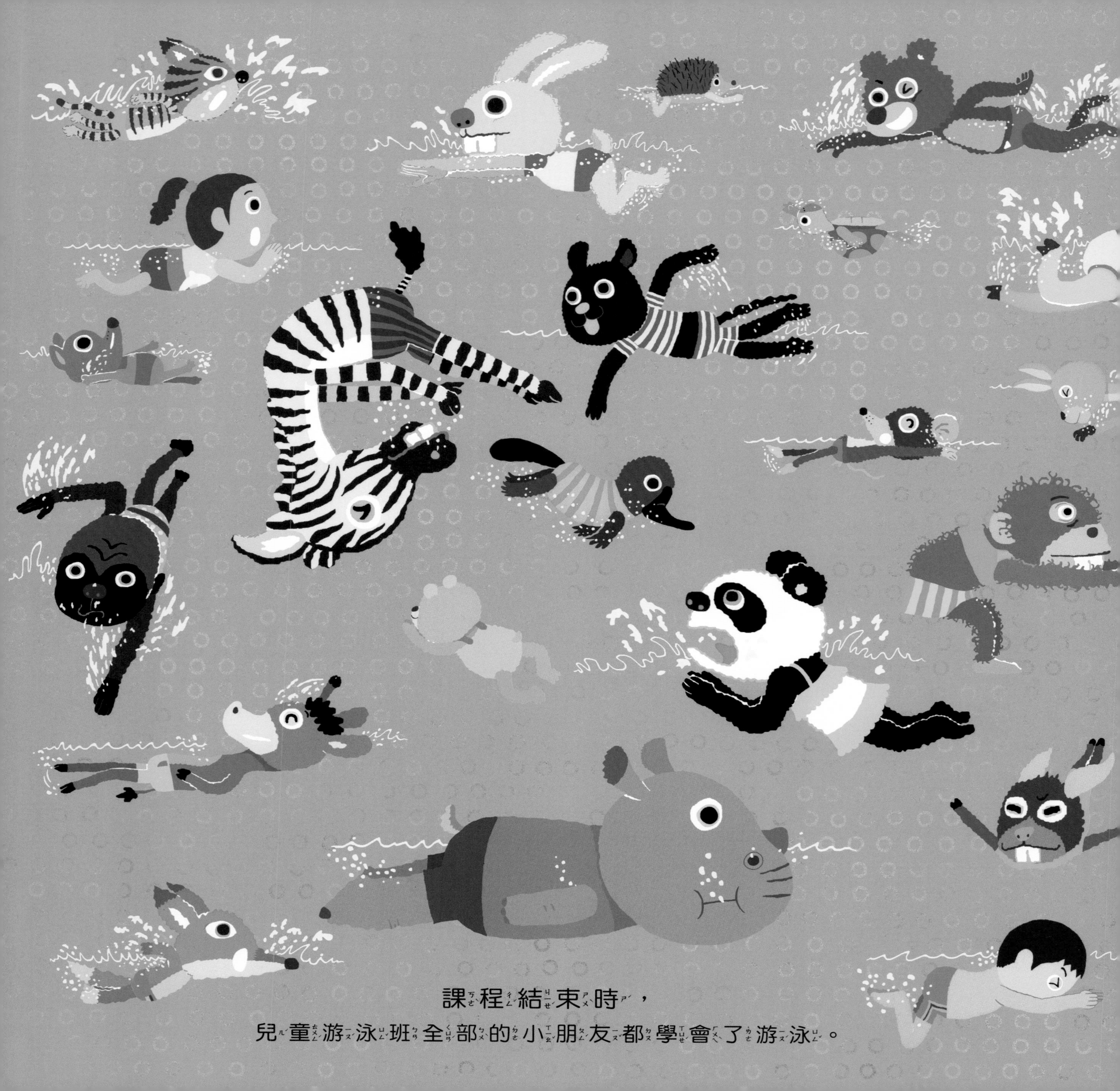

課程結束時，
兒童游泳班全部的小朋友都學會了游泳。

除了朱瑞福！

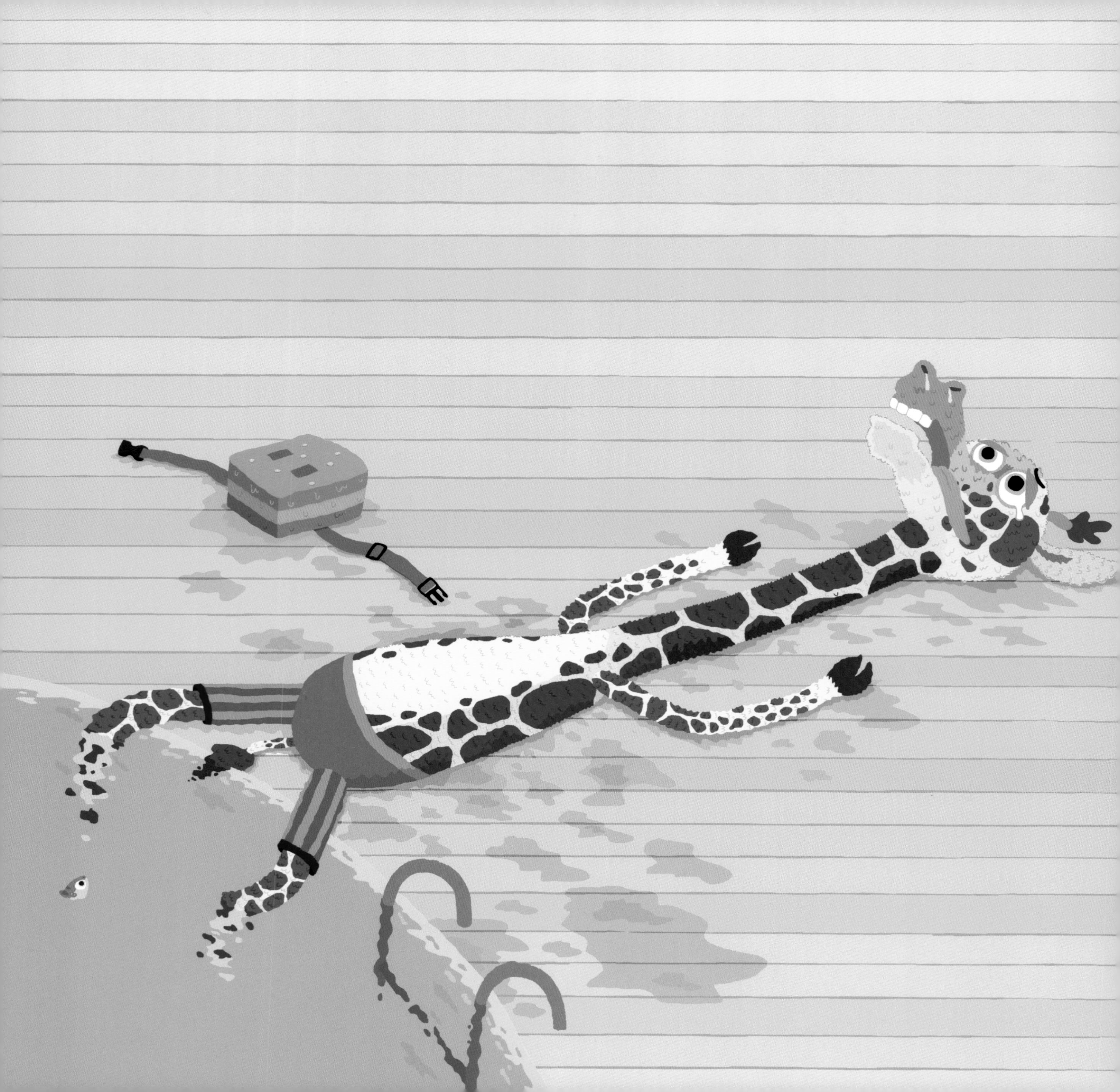

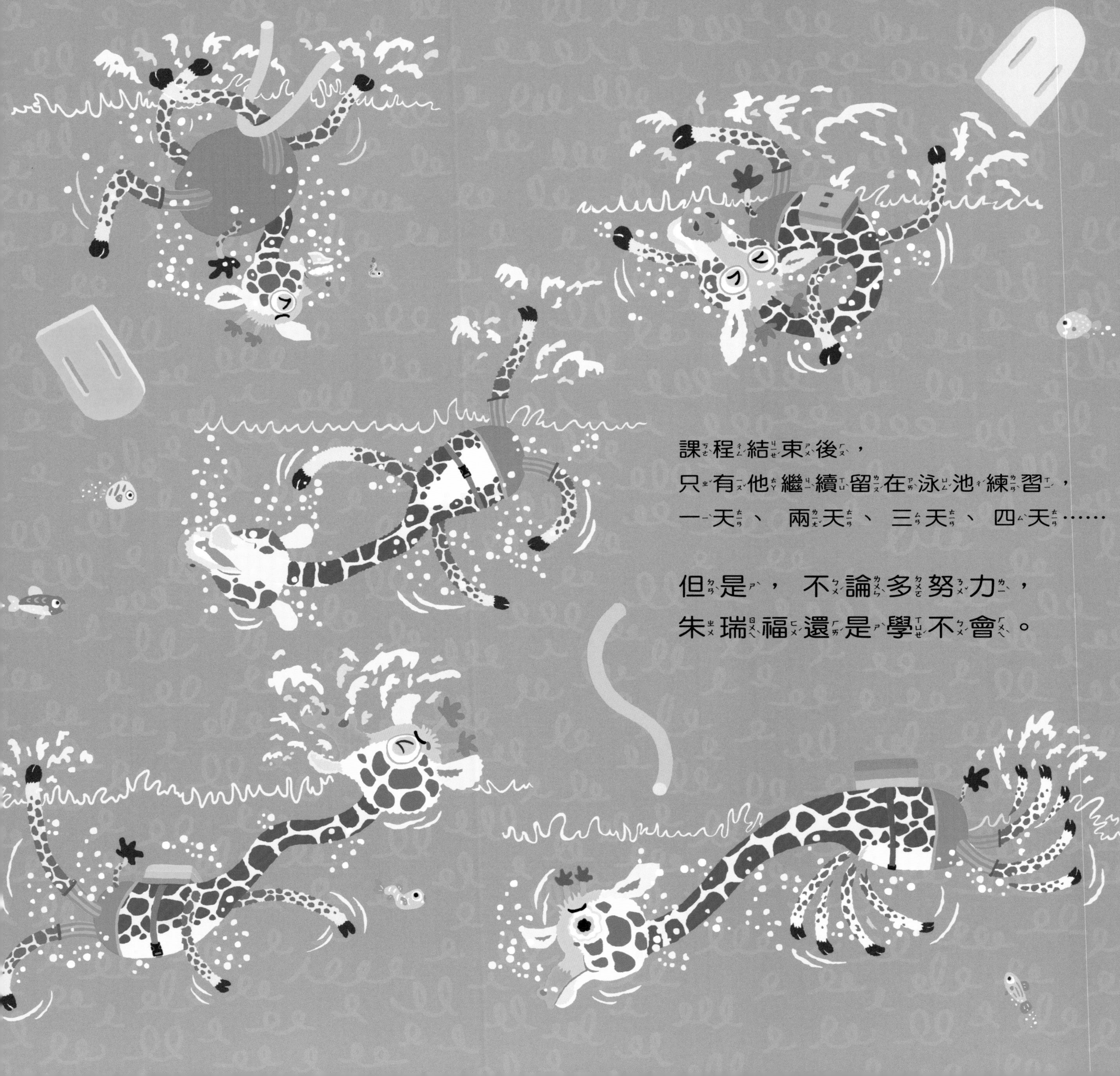

課程結束後，
只有他繼續留在泳池練習，
一天、 兩天、 三天、 四天……

但是， 不論多努力，
朱瑞福還是學不會。

最後，朱瑞福沮喪的坐在泳池邊。

這時，一片葉子隨著風在他的眼前飄了下來。

輕輕的，落在遠處的水面上。朱瑞福一直看著它……

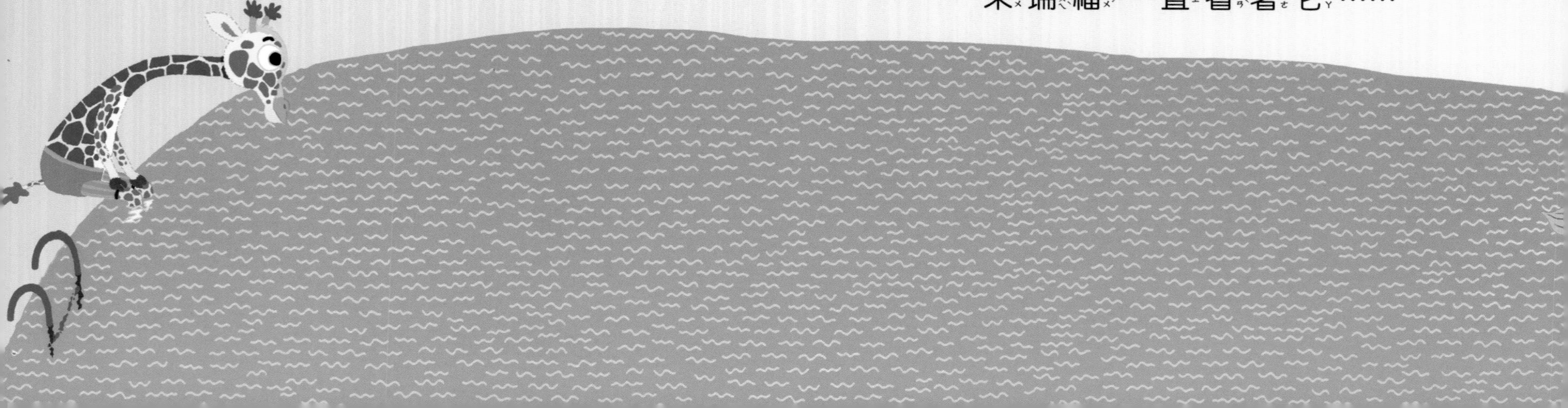

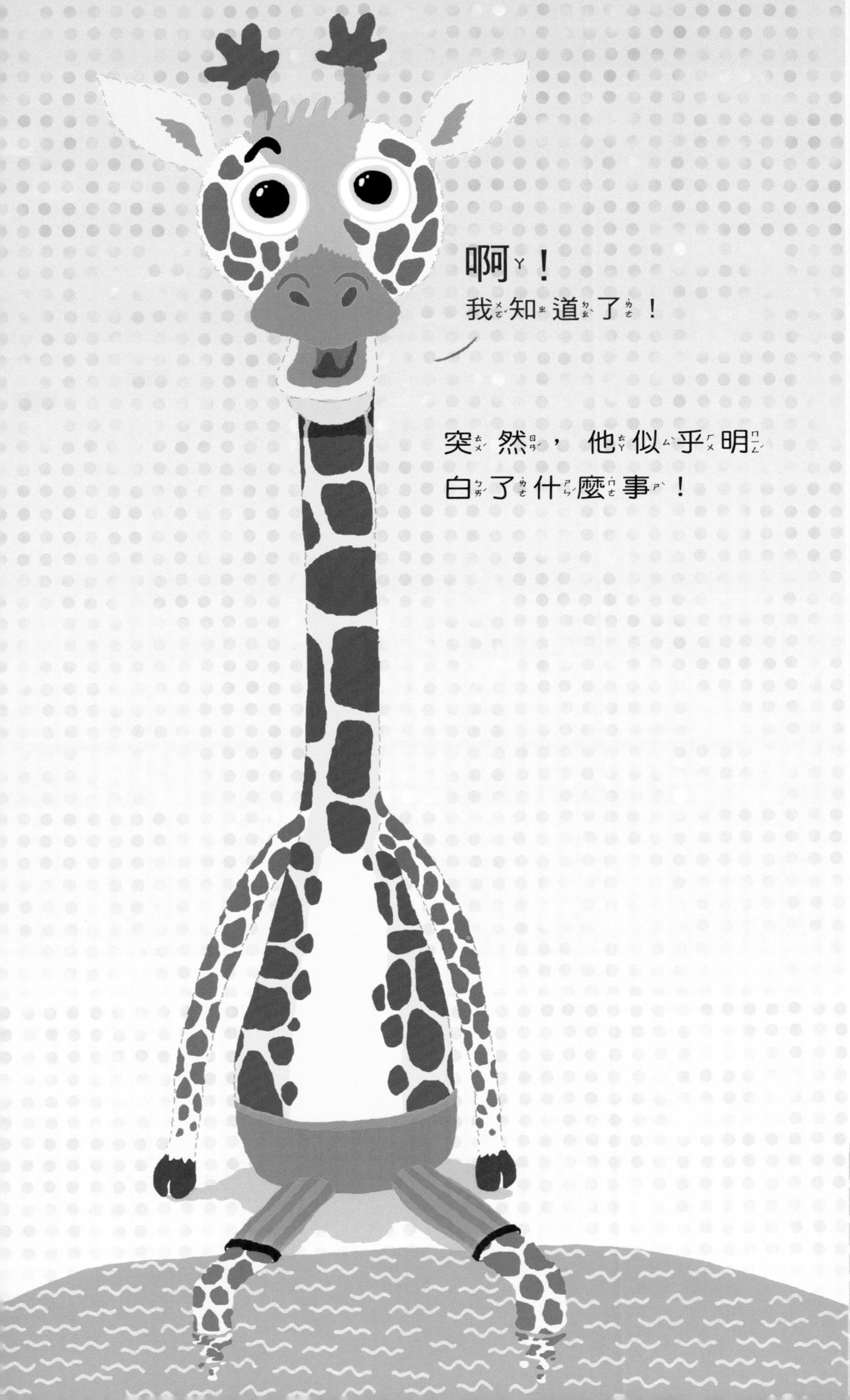

啊！

我知道了！

突然，他似乎明白了什麼事！

朱瑞福走進水池裡……

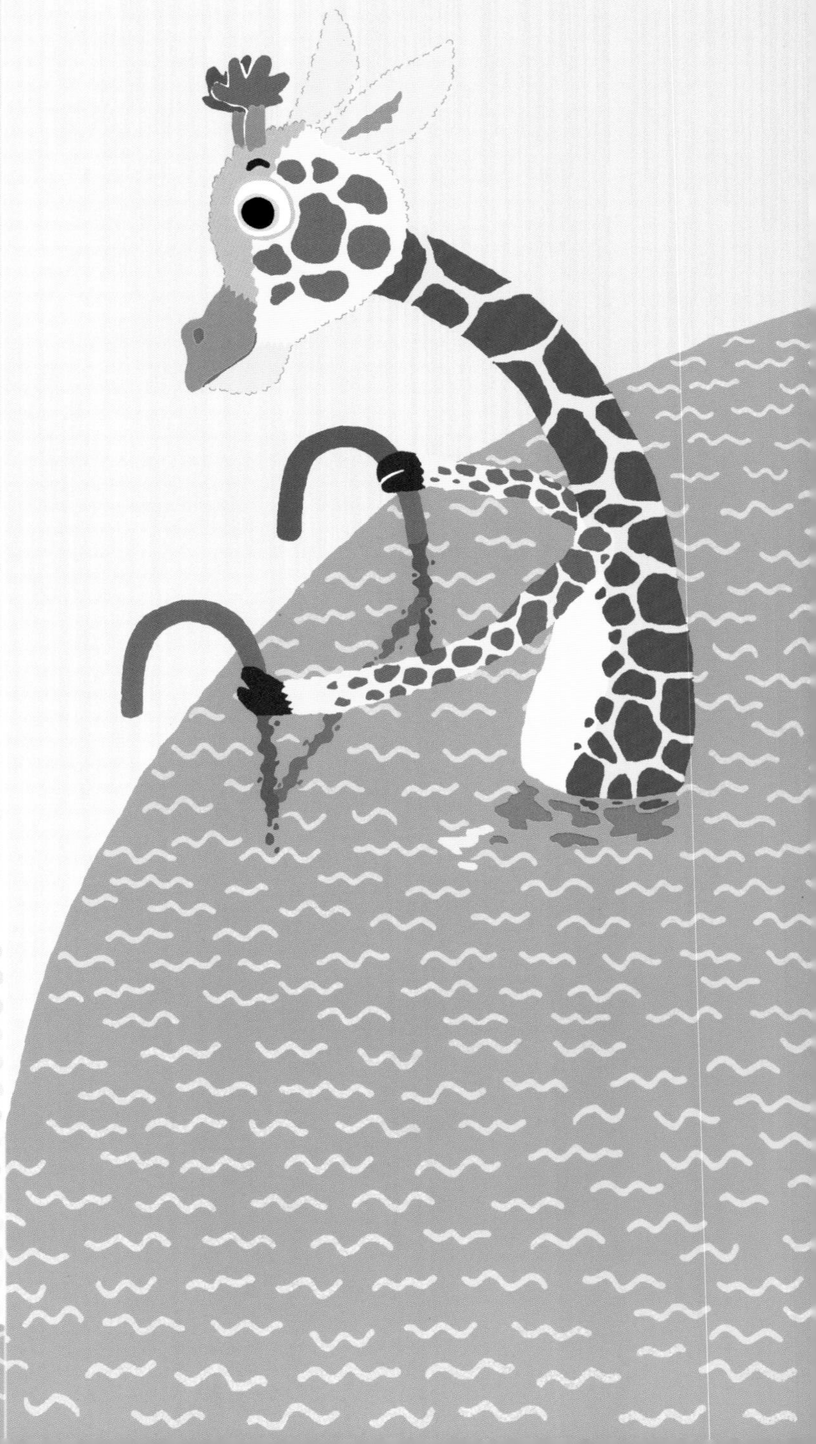

他深深吸了一口氣，對自己說：

「輕輕的。」

「不要緊張。」

「不要太用力。」

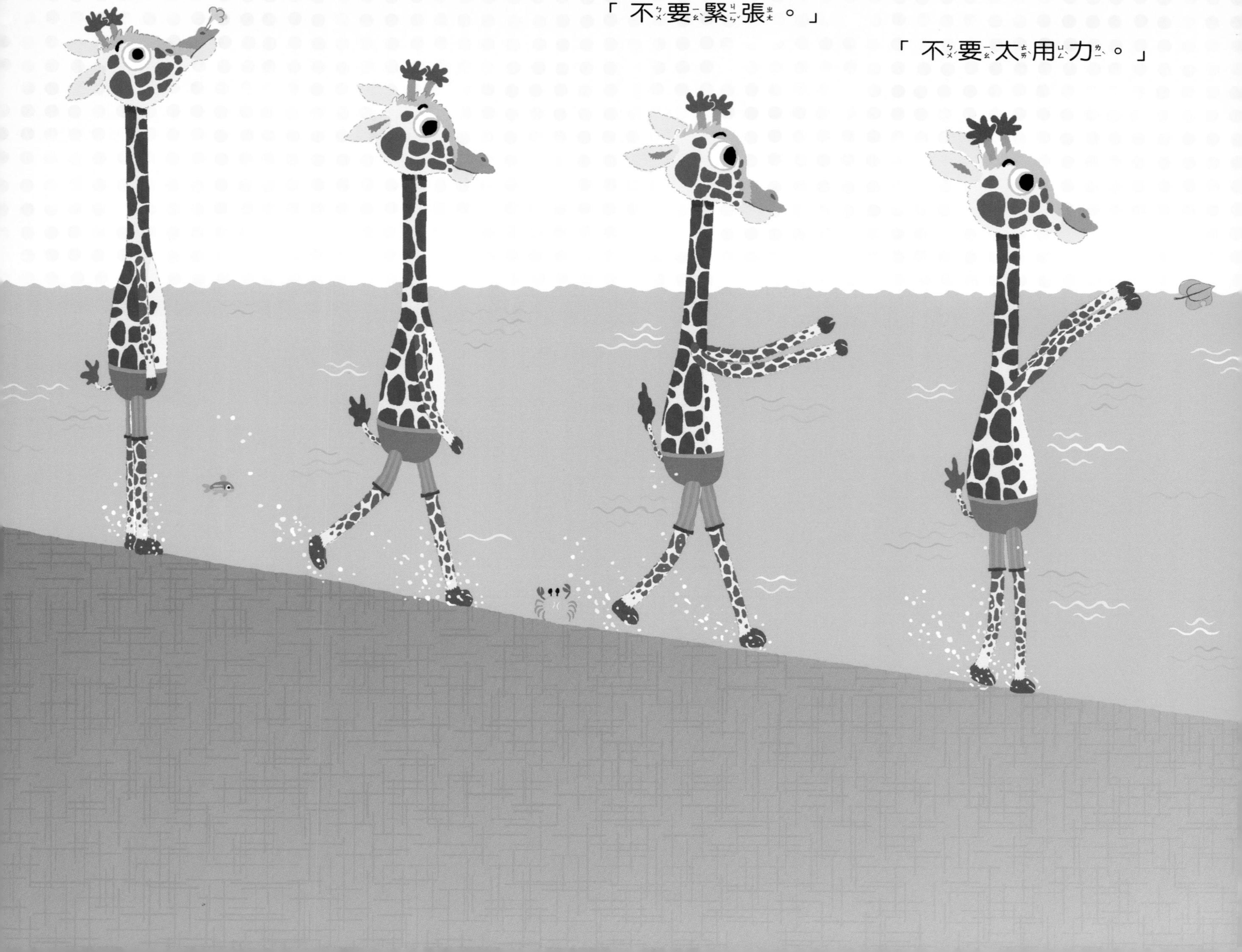

同時，他發現，就算在最深的地方，他的頭——

還是在水面上啊！

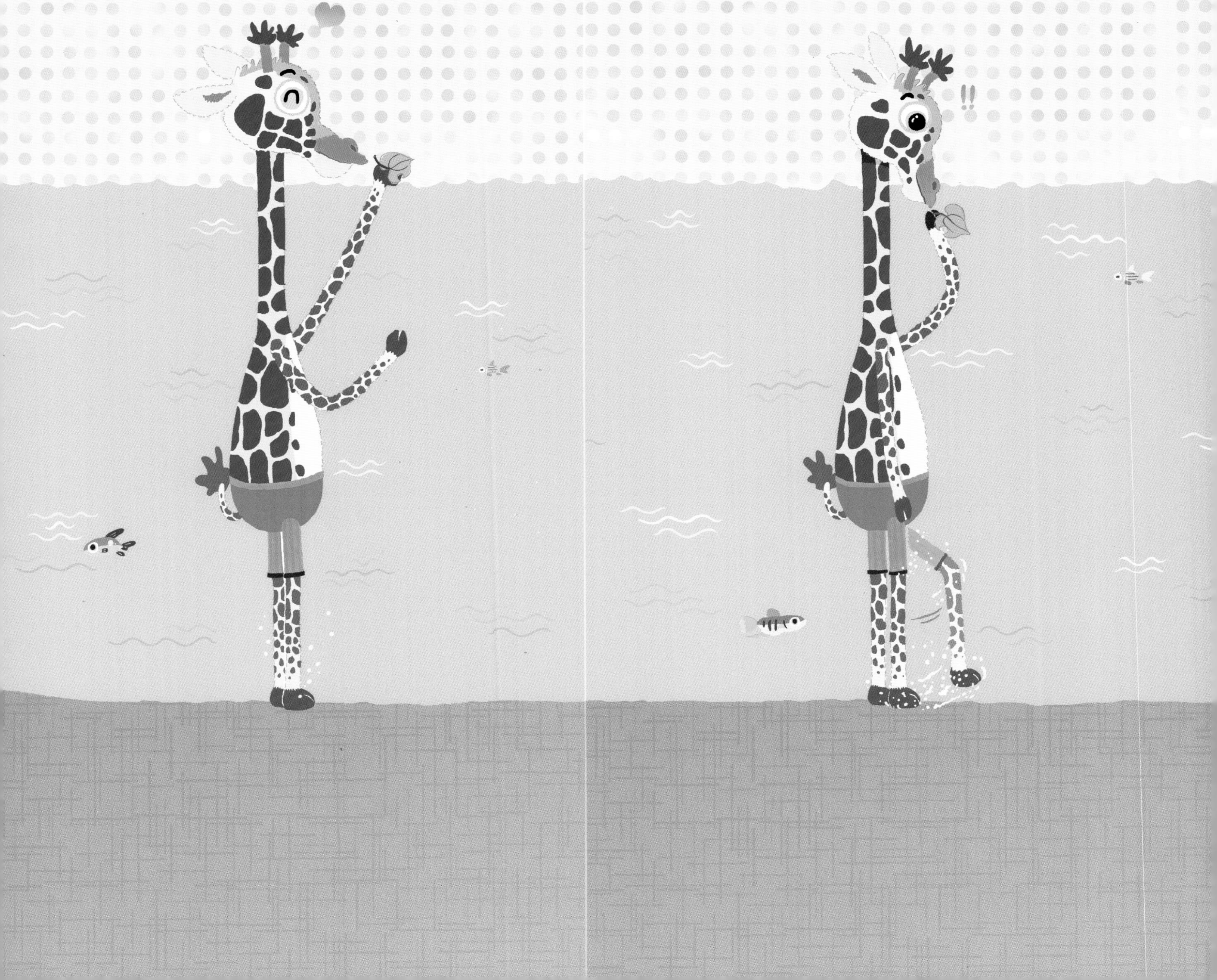

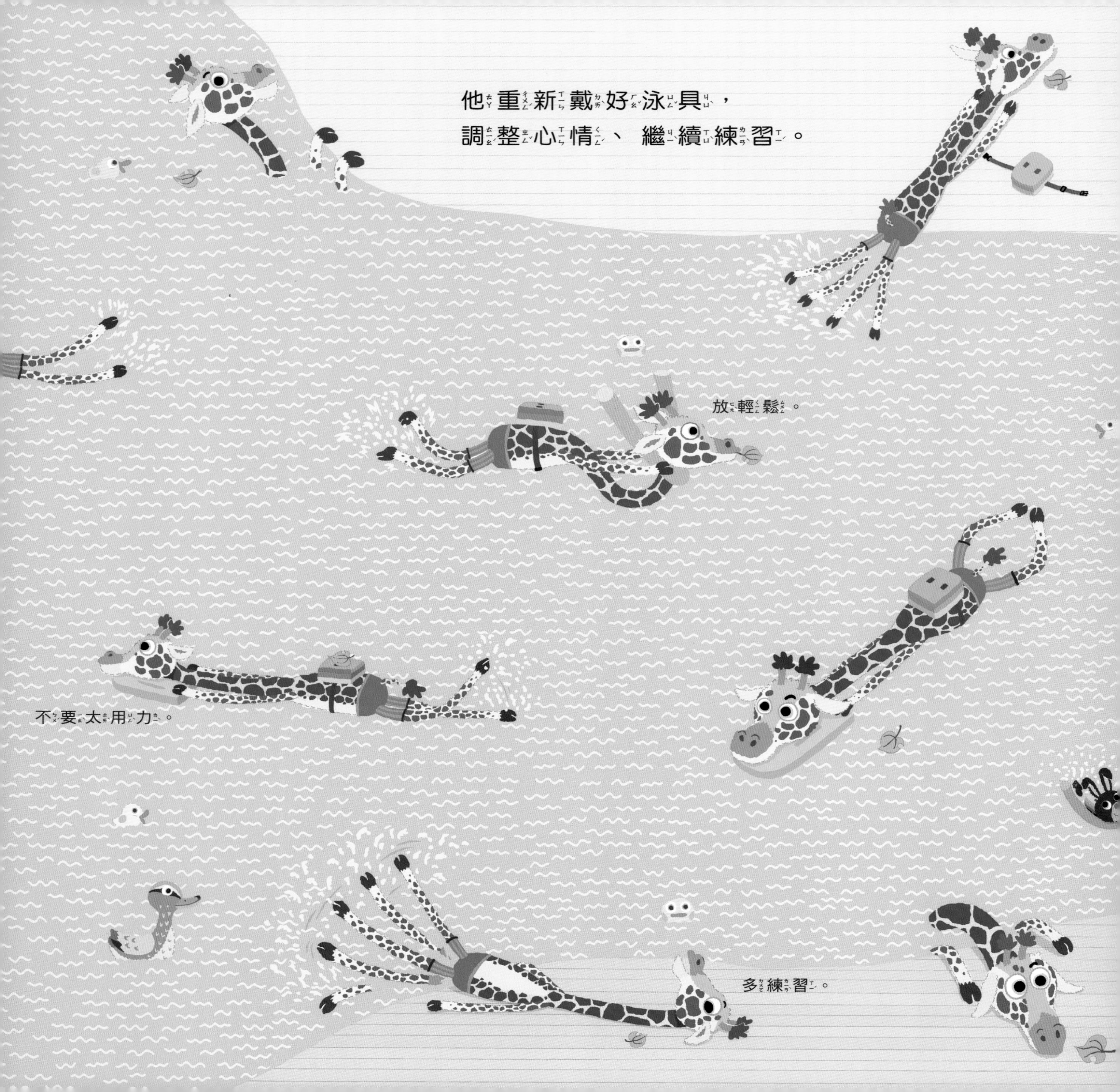

他重新戴好泳具，
調整心情、繼續練習。

放輕鬆。

不要太用力。

多練習。

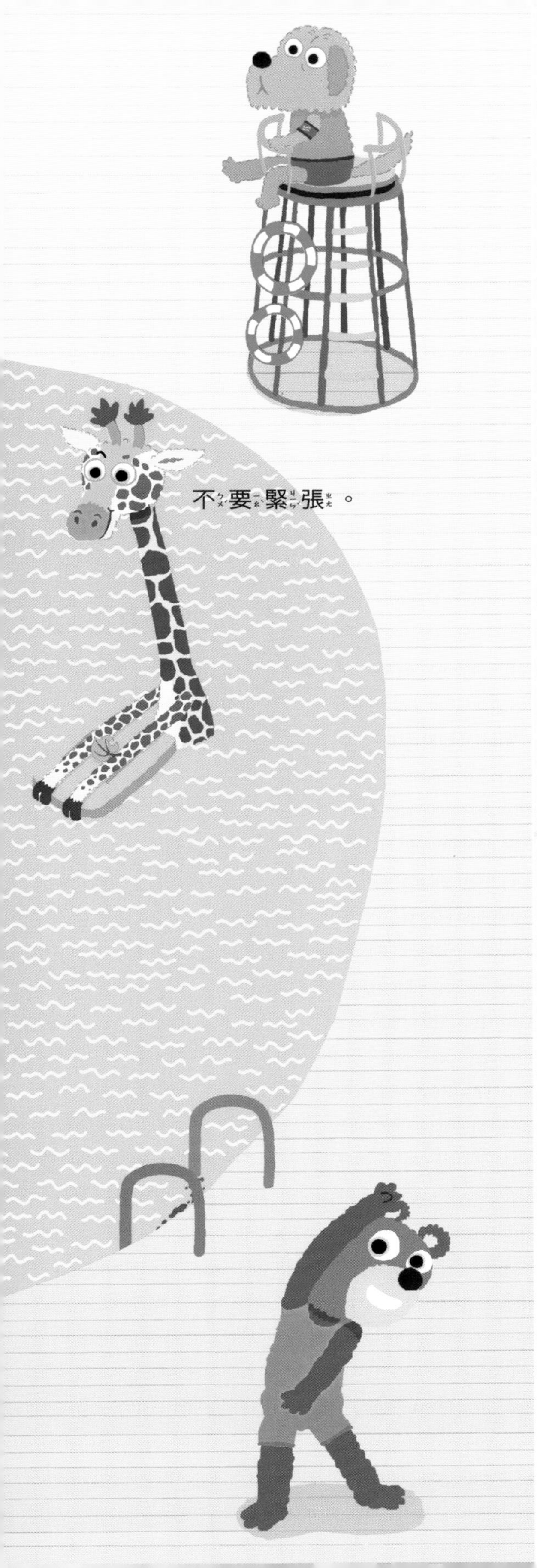

不要緊張。

「唔！越來越好了！」
朱瑞福很開心。

練習完畢後，他興奮的想告訴大家今天發生的事。

經過樹林時，聽到有人在喊他的名字。

原來是他的同學，
在樹上。

「你們不游泳了嗎？」
朱瑞福問。

「是呀！」
他的同學回答。

是ㄕ呀ㄚ！

「現ㄒㄧㄢ在ㄗㄞˋ流ㄌㄧㄡ行ㄒㄧㄥ的ㄉㄜ是ㄕˋ———

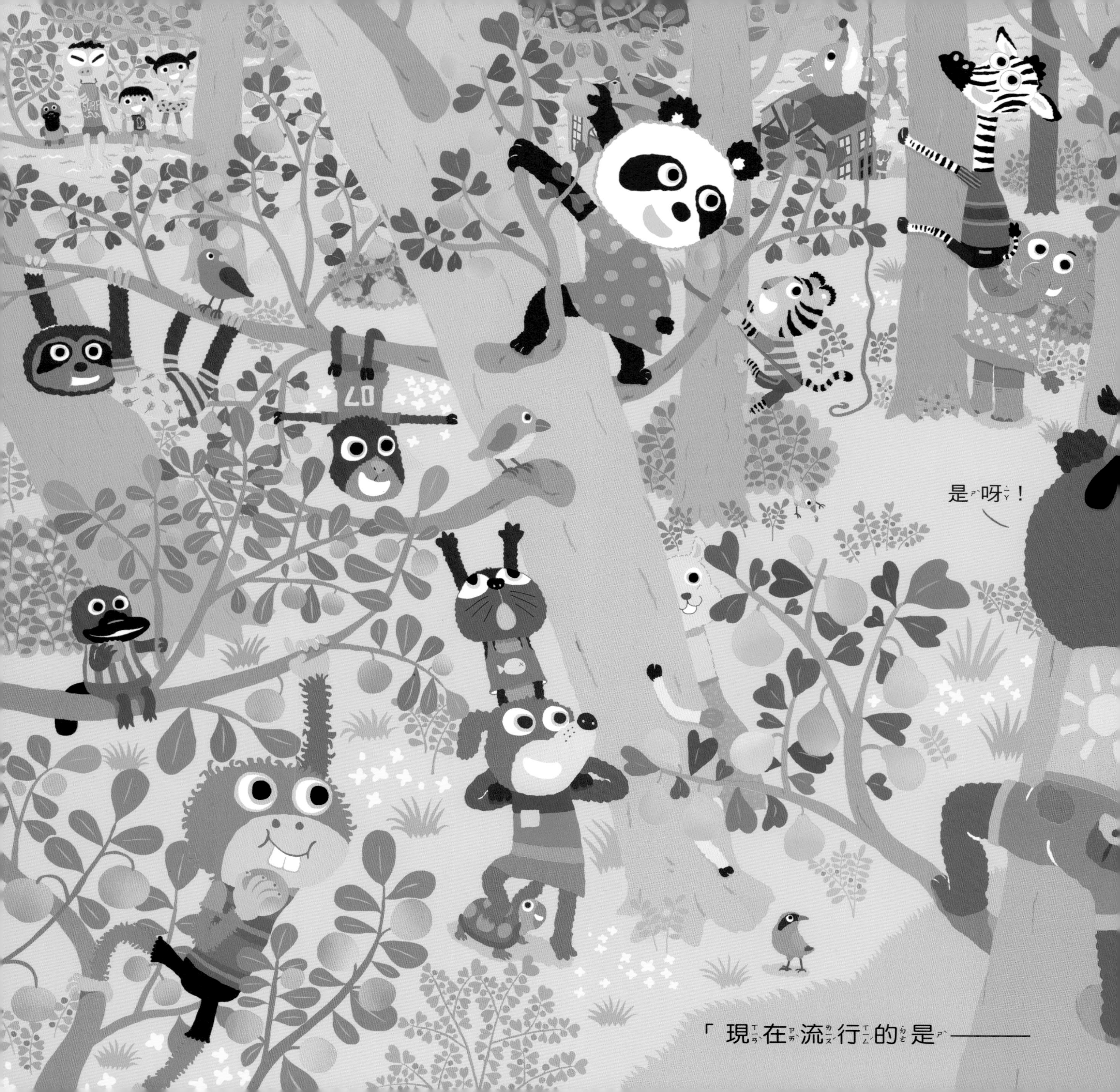

爬ㄆㄚˊ樹ㄕㄨˋ採ㄘㄞˇ果ㄍㄨㄛˇ子ㄗˇ！」

朱ㄓㄨ瑞ㄖㄨㄟˋ福ㄈㄨˊ快ㄎㄨㄞˋ來ㄌㄞˊ！
好ㄏㄠˇ好ㄏㄠˇ玩ㄨㄢˊ唷ㄧㄡ！

謝謝！
不客氣！